**Superheroínas y superhéroes. Manual de instrucciones**
Colección Somos8

© del texto: Davide Calì y Luis Amavisca, 2022
© de las ilustraciones: Gómez, 2022
© de la edición: NubeOcho, 2022
www.nubeocho.com · info@nubeocho.com

Título original: *How to Become a Superhero*
Traducción: Luis Amavisca

Primera edición: Marzo, 2022
ISBN: 978-84-18133-28-2
Depósito Legal: M-5813-2022

Impreso en Portugal.

# SUPERHEROÍNAS Y SUPERHÉROES

## MANUAL DE INSTRUCCIONES

Davide Calì
Ilustrado por Gómez

nubeOCHO

Estás aquí porque quieres ser...

# SUPERHEROÍNA O SUPERHÉROE

Pero para serlo, necesitas
## PARECERLO, ¿NO?

Vamos a empezar hablando de la **APARIENCIA.**

# SUPERTRAJE

Para empezar, tienes que tomar una decisión importante:
**¿TRAJE CON CAPA O SIN CAPA?** Es cuestión de gustos.

Una capa es muy vistosa cuando apareces en escena.

Pero **¡TEN CUIDADO!** Si la pisas y te tropiezas, puede ser un problema.

# EL COLOR DE TU TRAJE

¿Todo **NEGRO?**
¡Muy elegante!

¿Todo **BLANCO?**
Lo que a ti más te guste,
¡es tu traje!

**¿ROJO?** ¡Fantástico!

¿Y si lo mezclas con **AZUL**?
¡Todo un clásico!

**VERDE** también puede ser genial.

Hay muchas opciones para crear tu traje y todas pueden ser buenas.
Aunque quizás con **TU PIJAMA DE OSITOS** no pareces un gran héroe. ¿no?

Un consejo: ¡cuidado con los **SUPERTRAJES-BAÑADOR!**
Pueden ser originales, pero... ¡es fácil resfriarse!

# MÁSCARAS

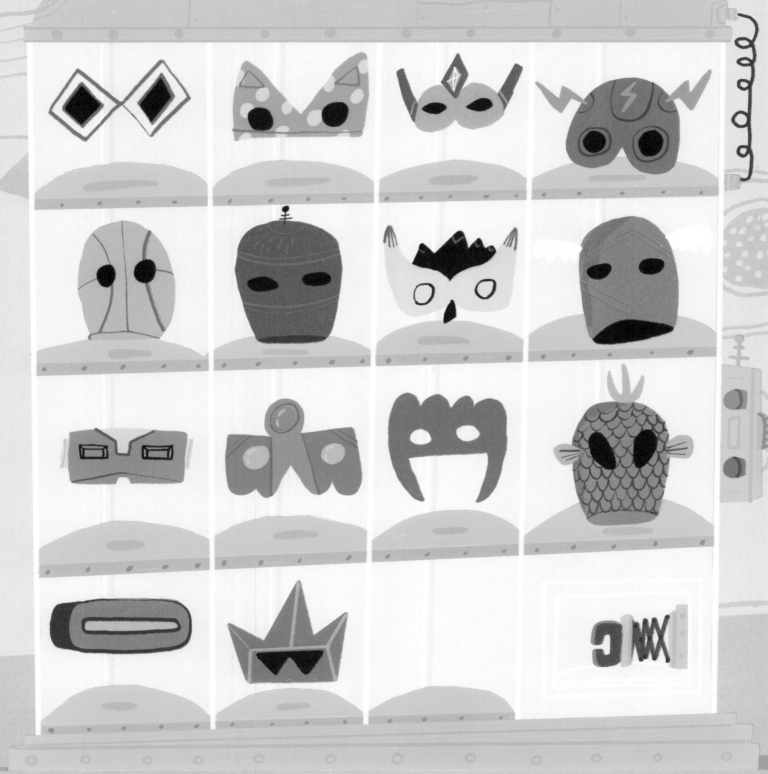

Muchos superhéroes llevan **MÁSCARA.** Tú eliges.

Puede ser una máscara que te cubra **TODA LA CARA.**

O una más pequeña, como **UN ANTIFAZ.**

Un **VISOR** para tus ojos estaría genial.

O una **CAPUCHA.** ¡Qué misterioso!

¡Un **CASCO** puede protegerte!

¿Orejas de conejo? No te lo recomiendo.

Quieres parecer **UN SUPERHÉROE PODEROSO,** no el conejito de Pascua.

Tu traje es muy importante, pero es hora de elegir...

# TUS SUPERPODERES

Puedes ser **SUPERFUERTE.**

O tal vez **SUPERRÁPIDA.**

A lo mejor quieres volverte **INVISIBLE.**

Quizás prefieres que tu superpoder sea...

¡VOLAR!

O también hacerte **MUY GRANDE, ¡O MUY PEQUEÑA!**

También puedes **MANIPULAR LOS ELEMENTOS:** ¡lanzar **FUEGO Y HIELO** es genial!

¿Te gustaría **TRANSFORMARTE** en cualquier **ANIMAL?**

¡O controlar el **CLIMA!**
Sería maravilloso, ¿no?

# EL ORIGEN DE TUS SUPERPODERES

Tus orígenes son algo que **NO PUEDES CAMBIAR,**
porque ocurrió hace mucho tiempo.

Puede que **TUS PADRES SEAN DE OTRO PLANETA,** ¡y que te enviaran
a la Tierra de pequeñito antes de que tu planeta explotara!

¿O tal vez te alcanzó
**UN RAYO?**

¿A lo mejor te mordió un
**INSECTO RADIOACTIVO?**

# MASCOTAS Y AYUDANTES

A veces las superheroínas y superhéroes no pueden derrotar a las supervillanas y supervillanos sin ayuda. **UNA MASCOTA O UNA COMPAÑERA O COMPAÑERO** pueden ser geniales. ¿Tu hermanita bebé? Quizás no sea tan buena idea...

Los **PERROS** y los **CUERVOS** son muy buenas mascotas.
Son muy leales, y te siguen a todas partes.

Los **GATOS...** no tanto.
**LAS TORTUGAS** son bonitas,
pero yo no les pediría ayuda
para salvar el mundo.

**PECES...** ¿Y si resulta que tu pez
Pepito tiene **TELEKINESIS** y te puede
hacer flotar en el aire?

# SUPERGRUPO

¡Puedes tener tantas compañeras y compañeros como quieras!
Tu supergrupo puede ser de...

3

Quizá 4

... o incluso **5**

Pero cuidado, es difícil escoger **UNA LÍDER** o **UN LÍDER.** ¿Y si todos quieren serlo?

¡En tu supergrupo pueden estar todos **TUS AMIGOS Y AMIGAS!**

# VEHÍCULOS

No todas las superheroínas o superhéroes vuelan. También hay opciones para poder **LLEGAR RÁPIDAMENTE** a cualquier sitio.

¡Un supervehículo puede ser genial!

Por ejemplo,
**UN PATINETE MODIFICADO.**

¡O una **MOTO TUNEADA!**

¿Una **TABLA DE SURF** voladora?

¿Qué tal un **COCHE VOLADOR?**

Pensándolo bien, **CUALQUIER COSA QUE VUELE** puede servirte. ¡Tú eliges!

# BASE SECRETA

Las superheroínas y los superhéroes necesitan un **CUARTEL GENERAL.**

Puede ser **SECRETO,** o puede ser un **EDIFICIO ENORME**
con tu símbolo en medio de la ciudad.

Hay quien prefiere algo más siniestro, como una **CUEVA.**

**TU HABITACIÓN** también puede servirte.
¡Pero asegúrate de que nadie entre a curiosear!

Ya casi lo tenemos todo.

**SUPERTRAJE**

**MÁSCARAS**

**SUPERPODERES**

**MASCOTAS
Y AYUDANTES**

# VEHÍCULOS PERSONALIZADOS

## Y UNA BASE SECRETA.

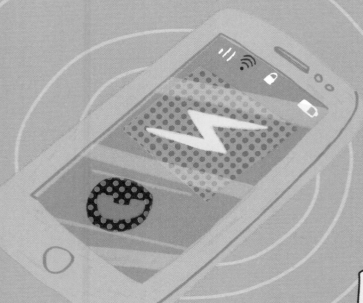

¡Ahora puedes empezar tu

## PRIMERA MISIÓN!

Podrías ayudar a **UNA ABUELITA** a cruzar la calle.

O evitar un terrible **ACCIDENTE DE TREN.**

Podrías parar **ESE METEORITO** que está
a punto de caer sobre la ciudad.

¿Quizás detener a unos
**LADRONES DE BANCOS?**

Mejor aún, puedes detener...

¡UNA INVASIÓN ALIENÍGENA!

Pero todo esto no se aprende
de la noche a la mañana...

Para **SEGUIR APRENDIENDO,** lo mejor es...

# ¡NUESTRA ESCUELA DE

# ¡SUPERHEROÍNAS Y SUPERHÉROES!